Chers amis ro
bienvenue dans l

Geronimo Stilton

Texte de Geronimo Stilton
Couverture de Larry Keys
Illustrations intérieures : idée de Larry Keys, *réalisée par* Mirellik
Maquette de Merenguita Gingermouse
Traduction de Titi Plumederat

www.geronimostilton.com

Pour l'édition originale :
© 2000 Edizioni Piemme S.P.A. Via del Carmine, 5 – 15033 Casale Monferrato (AL) – Italie
sous le titre *Il mistero del tesoro scomparso*
Pour l'édition française :
© 2005 Albin Michel Jeunesse – 22, rue Huyghens – 75014 Paris – www.albin-michel.fr
Loi 49 956 du 16 juillet 1949 sur les publications destinées à la jeunesse
Dépôt légal : premier semestre 2005
N° d'édition : 16014/4
ISBN 13 : 978 2 226 15662 4
Imprimé en France par l'imprimerie CLERC S.A.S. à Saint-Amand-Montrond en février 2007

Stilton est le nom d'un célèbre fromage anglais. C'est une marque déposée de Stilton Cheese Makers' Association. Pour plus d'information, vous pouvez consulter le site www.stiltoncheese.com

Geronimo Stilton

LE MYSTÈRE DU TRÉSOR DISPARU

ALBIN MICHEL JEUNESSE

GERONIMO STILTON
SOURIS INTELLECTUELLE,
DIRECTEUR DE *L'ÉCHO DU RONGEUR*

TÉA STILTON
SPORTIVE ET DYNAMIQUE,
ENVOYÉE SPÉCIALE DE *L'ÉCHO DU RONGEUR*

TRAQUENARD STILTON
INSUPPORTABLE ET FARCEUR,
COUSIN DE GERONIMO

BENJAMIN STILTON
TENDRE ET AFFECTUEUX,
NEVEU DE GERONIMO

UNE LETTRE PARFUMÉE À LA LAVANDE…

Chers amis rongeurs,
tout a commencé comme ça, exactement comme ça.
Ainsi donc, ce matin-là, je me rendis à mon bureau et, à peine entré…
Comment cela ? Vous ne me connaissez pas ?
Euh, excusez-moi, je me présente : mon nom est Stilton,
Geronimo Stilton.
Je suis une souris éditeur, je dirige *l'Écho du rongeur*, le journal le plus diffusé de l'île des Souris !
Bien, maintenant que je me suis présenté, je peux continuer ? Euh,

où en étais-je ? Ah oui ! en entrant dans mon bureau, je trouvai, sur ma table de travail, une enveloppe couleur lavande.

Elle était cachetée avec une goutte de cire violette, marquée de l'empreinte d'un sceau portant la lettre *T.* Un délicat parfum de lavande s'en exhalait.

Pas de doute : c'était une lettre de ma tante Toupillia (Toupie pour les amis).

Un délicat parfum de lavande s'en exhalait.

Geronimo Stilton
L'Écho du rongeur
13, rue des Raviolis
13131 Sourisia (Île des Souris)

Mon cher
Geronimo…

J'ouvris l'enveloppe et lus avec curiosité :

Mon cher Geronimo,

Je viendrai te voir mercredi matin. Il faut absolument que je te parle !

Affectueusement,

Ta tante Toupie

J_E**SURSAU**_{TAI.}

– Mercredi ? Mais c'est aujourd'hui !
C'est alors que la porte s'ouvrit en grand…

Je levai le museau : c'était elle. Sur le seuil de mon bureau se tenait tante Toupie, ma tante préférée.

Elle portait une robe de soie couleur lavande, avec un col et des poignets de dentelle.

Elle tenait à la main son éternel parapluie lilas brodé, au manche de nacre gravé des initiales *TT* en or.

Tante Toupie, ma tante préférée

Son volumineux sac de soie
couleur cyclamen me
rappelait mon
enfance. Savoir
si elle avait
encore, dans
la petite
poche inté-
rieure, ces
délicieux
chocolats au

fromage qu'elle m'offrait toujours quand
j'étais petit ?

Tante Toupie portait au cou un médaillon
d'argent en forme de cœur, qui contenait un
portrait miniature de son défunt mari, oncle
Épilon.

Le médaillon renfermait un autre souvenir précieux : un poil de moustaches, que mon oncle
lui avait donné le jour de leurs *fiançailles*,
en gage d'amour éternel.

Oncle Épilon, capitaine au long cours, avait disparu près de vingt ans plus tôt.

Parti pour un mystérieux voyage aux Îles Souraquès à la recherche d'un trésor, il n'était jamais revenu.

Fidèle à sa mémoire, tante Toupie ne s'était jamais remariée.

Tous ses admirateurs avaient été courtoisement repoussés : dans le *cœur* de tante Toupie, il n'y avait de place que pour le souvenir d'oncle Épilon...

Tante Toupie portait au cou un médaillon d'argent en forme de cœur

Mais quelle souris distinguée tu es devenu !

Tante Toupie évoquait pour moi les plus beaux souvenirs de mon enfance.

C'est elle qui m'avait fait découvrir la PASSION de la lecture. Tous les soirs, quand j'allais au dodo, elle me lisait des CONTES à n'en plus finir, tous plus beaux les uns que les autres.

Tante Toupie me serra dans ses pattes, en me donnant un gros bisou au bout du museau.

– Mon cher, mon très cher neveu ! Cela fait combien de temps qu'on ne s'est pas vu ? Mais quel air distingué ! Et quel *bureau élégant* ! Tu es devenu une souris très importante ! Je suis fière de toi... C'est merveilleux !

Je ris, en me **lissant** les moustaches :

– **Euh**, oui, tata, ça marche plutôt bien pour *l'Écho du rongeur*... Mais, dis-moi, tata, de quoi voulais-tu me parler ?
C'est alors que la porte s'ouvrit...

Il était une fois une petite souris...

MAIS QUELLES BELLES MOUSTACHES DE VOYOU !

Mon cousin Traquenard, qui, de son métier, est brocanteur (il est propriétaire du **Bazar des Puces qui boitent**), entra d'un pas décidé.

– Tata, j'ai reçu ta lettre ! claironna-t-il joyeusement, en brandissant une enveloppe couleur lavande semblable à la mienne. **Tu as besoin d'un coup de patte ? Me voici !**

Tante Toupie l'embrassa.

– Mon cher, mon très cher neveu ! Cela fait combien de temps qu'on ne s'est pas vu ? Mais quelles belles moustaches de voyou ! Et quel beau pelage luisant ! Tu es devenu un vrai bourreau des cœurs ! Je suis fière de toi... **C'est merveilleux !**

J'ai une foule d'admiratrices

Traquenard ricana, flatté, en faisant gonfler ses **muscles**.

– Oui, oui, j'ai une foule d'admiratrices, tata ! De toute façon, le charme, ça ne s'invente pas : on l'a ou on ne l'a pas... Moi, je l'ai... Geronimo, lui, le pauvre, depuis qu'il est tout petit... charme zéro ! Mais ce n'est pas sa faute... Il est né comme ça...

J'étais FURIEUX.

Mon cousin exagérait ! Les moustaches vibrant d'exaspération, je m'écriai :

– **Tu es vraiment une souris mal élevée !**

Doucement, tante Toupie nous fit taire :

– Allons, allons, soyez mignons, ne vous disputez pas. Vous n'avez donc pas changé ? Tout petits, déjà, sur vos chaises hautes, il fallait toujours vous séparer !

Je soupirai. C'est vrai, Traquenard me lançait toujours à la tête des cuillerées de bouillie !
C'est alors que la porte s'ouvrit...

Geronimo, lui, le pauvre, depuis qu'il est tout petit... charme zéro !

MAIS QUELLE BELLE MOTO !

Ma sœur, Téa, envoyée spéciale de *l'Écho du rongeur*, entra dans mon bureau **SUR SA MOTO !**

Elle coupa le moteur et brandit elle aussi une lettre couleur lavande. Puis elle chicota :

– Tata, ma petite tata, c'est *fan-tas-ti-que* de te revoir ! À propos, de quoi voulais-tu me parler ?

Tante Toupie l'embrassa affectueusement.

– *Ma chère, ma très chère nièce !* Cela fait combien de temps qu'on ne s'est pas vu ? Mais comme tu es jolie ! Tu ressembles vraiment à un *mannequin* ! Et comme tu es sportive ! Et quelle moto splendide… Je suis fière de toi… **C'est merveilleux !**

Téa ricana, satisfaite :

– Merci, tata ! Tu sais que je viens de passer mon brevet de pilote d'avion ? Et tu sais que je viens de gagner une compétition de karaté (Je suis **ceinture noire**, évidemment.) ? Ah, à propos, hier, j'ai fait mon premier saut en parachute. La semaine prochaine, je dois suivre un cours de ski extrême sur le **mont Peureux**...

AH, ÉPILON !

Je m'éclaircis la voix :

– Euh, tata, puisque nous sommes tous là, peux-tu nous expliquer pourquoi tu nous as réunis ?

– Oui, qu'y a-t-il là-dessous ? couina Traquenard.

– Oui, tata, quoi de neuf ? ajouta ma sœur.

Tante Toupie referma la porte d'un air **méfiant**, baissa la voix et murmura :

– *L'autre jour, je mettais un peu d'ordre dans les papiers d'oncle Épilon... ah, quelle souris !*

Elle fit claquer un bisou sur le médaillon qui renfermait son portrait.

Puis elle poursuivit :

– Je disais donc que je mettais un peu d'ordre

dans ses papiers, quand j'ai découvert, dans son bureau, ce manuscrit qui parlait d'un trésor sur un galion coulé au large des îles Souruques. C'est là qu'oncle Épilon est parti pour son dernier voyage : à la recherche de *ce* trésor !

Aussitôt, Traquenard dressa les oreilles.

– Un trésor ? Tu as eu bien raison de penser à moi, tata ! **Je vais m'en occuper !**

Et il tendit la patte pour attraper le rouleau de parchemin. Mais Téa fut plus rapide que lui et le lui **ARRACHA** des pattes.

– Non non, cousin, notre tante nous a écrit à *tous les trois* ! Pas vrai, tata ?

Tante Toupie acquiesça :

– Oui, ma chérie, j'ai besoin de l'aide de mes trois chers, très chers neveux…

Notre tante déroula le vieux rouleau de parchemin. Voici ce qui y était écrit :

Journal de bord de l'amiral don Raton de la Pancha de Ratosa y Pacotilla

Ah, quelle funeste journée !

En ce jour, vendredi 13 février 1713, à 13 heures, le galion Muson de Sourion a sombré à 13 lieues au nord-est de l'île Pigouillita, dans l'archipel des Souruques, après s'être échoué sur un récif en forme de griffe de chat.

Moi, amiral don Raton de la Pancha de Ratosa y Pacotilla, j'ai pu me sauver avec mes 13 marins en abandonnant le galion.

Hélas ! sa précieuse cargaison gît à présent au fond de la mer : un coffre contenant 13 diamants gros comme le poing d'une souris…

Signé :

l'amiral

don Raton de la Pancha de Ratosa y Pacotilla

Tante Toupie nous expliqua :
– Si Épilon avait trouvé
ce trésor, nous serions
devenus très riches, disait-
il, et il n'aurait plus eu
besoin de partir loin de
moi... Mais le sort en a
décidé autrement, conclut-
elle, émue, en séchant une
larme.

Oncle Épilon

Je serrai sa patte entre les
miennes, attendri.
– **Ne t'inquiète pas, tata,
nous sommes là, nous...**
– Voilà, justement, reprit-elle, je vous
demande de bien vouloir m'accompagner !
Les diamants ne m'intéressent pas : je veux
simplement aller aux îles Souruques pour
visiter les lieux où mon bien-aimé Épilon
(*ah, quelle souris !*) a terminé son dernier
voyage. Comme il me manque !

Nous gardions tous un profond silence. Notre tante crut que nous ne voulions pas l'aider et nous implora :

– Mes très chers neveux, je vous en conjure, ne me dites pas non !

Aussitôt, Traquenard s'écria :

– Tata, moi, je suis prêt ! JE SUIS PRÊT !

Il avait les yeux qui brillaient à l'idée d'un trésor.

Ma sœur feuilleta son agenda.

– Hum, je suis PLUTÔT prise en ce moment (je dois faire un reportage sur la mode sportive pour *l'Écho du rongeur*), mais… si l'on me laisse le temps de boucler mes valises, moi aussi je suis prête à partir, tata !

Je me taisais. Je ne savais comment dire à tante Toupie que *je déteste les voyages…*

Mais je décidai de lui faire plaisir :

– Euh, quand est-ce qu'on part ?

Tante Toupie chicota, heureuse :

– C'est merveilleux !

C'est alors que la porte s'ouvrit…

UN CŒUR
DE FROMAGE

Benjamin, mon neveu préféré, entra.
IL COURUT VERS MOI et m'embrassa.

– *Oncle Geronimo ! Je t'ai apporté un dessin !*

Il me tendit une feuille sur laquelle il avait dessiné un grand cœur jaune, tout en fromage.

Benjamin, mon neveu préféré !

– ÇA TE PLAÎT, TONTON ? Je l'ai dessiné pour toi, avec les pinceaux que tu m'as offerts !

Je lui donnai un petit bisou sur le museau.

– C'est **très beau**, Benjamin !

C'est alors qu'il vit tante Toupie : il courut vers elle et l'embrassa très fort.

– Tata ! C'est chouette de te revoir !

Elle chicota :

– Mon cher, mon très cher Benjamin ! Comme tu as **grandi** ! Et comme tu dessines bien ! Tu es un véritable artiste ! **C'est merveilleux** ! Je suis fière de toi...

Téa proposa :

– Asseyons-nous et organisons notre voyage. Toi, Benjamin, trouve-nous les îles Souruques sur un atlas ! De mon côté, je pris dans ma bibliothèque un livre sur les *trésors disparus*. Puis j'indiquai une page :

– Tenez, là, on parle du *Muson de Sourion* de

l'amiral don Raton de la Pancha. Il a disparu en 1713, au moment de la Grande Guerre contre les **CHATS**, près de l'île Pigouillita. C'était un des plus grands galions de l'époque, il mesurait environ 45 mètres et jaugeait **2 000** tonneaux. Il appartenait à la compagnie Sangre de Gato et était armé de 36 canons de BRONZE. Il était parti de Puerto Escondoso, avait mis le cap sur Cayo Felinho, et il transportait 13 précieux diamants pour le roi **Sancho Radegoutijo IV** de Formajo Cocotoso y de la Chantiji. On ne sait pas exactement où il a sombré, et c'est pourquoi on n'a jamais retrouvé son trésor !

Cependant, Téa et Benjamin surfaient sur Internet.

– Voilà ! On a trouvé une agence

Muson de Sourion

des îles Souruques qui loue des bateaux avec skipper. On va en louer un équipé d'un sonar, ça sera utile pour localiser le trésor !

Téa **s'illumina**.

– **Idée !** Je pourrais profiter de ce voyage pour faire un reportage photographique sur les épaves englouties. Et Geronimo pourrait prendre des notes pour écrire un

nouveau livre. Ce sera sûrement un BEST-SELLER ! Je vois déjà le titre :

Le Mystère du trésor disparu.

Traquenard, jaloux, marmonna :

– Geronimo va encore écrire un livre ? MoUaiS, c'est vrai, c'est lui, l'intello de la famille...

Tante Toupie le consola *gentiment* :

– Traquenard, toi, tu as d'autres qualités. Par exemple, tu es un excellent cuisinier !

Il se rengorgea :

– Oui, sans fausse modestie, JE SUIS VRAIMENT EXCELLENT ! Un génie, plus ou moins (et même plutôt plus que moins). Je propose d'être le cuistot de l'expédition. On pourra se lécher les moustaches quand c'est moi qui serai aux fourneaux !

– **C'est merveilleux !** chicota tante Toupie, enthousiaste.

Benjamin me **tira** par la manche de la veste et murmura :

– *Tonton, je peux venir moi aussi ?*

Je caressai tendrement ses petites oreilles.

– Benjamin, ce voyage sera très **long** et très fatigant...

– *Tonton, pitié, je serai ton assistant !* Tu verras comme je te serai utile ! Allez, tonton ! Tonton, dis oui !

Je cédai :

– D'accord...

Il couina, ravi :

– Merci, oncle Geronimo !

Puis il me donna un tendre bisou sur la pointe des moustaches. *Ah !* que ne ferais-je pas pour que cette petite souris soit heureuse...

JE SUIS MALADE EN AVION !

Le lendemain matin, à l'aube, nous étions déjà à l'aéroport. Ma sœur Téa faisait les dernières vérifications sur son avion.

– Réservoir de carburant plein... Tu as contrôlé le niveau d'**HUILE** ? demanda-t-elle à *Hélice Manchabalai*, son mécanicien, une grosse souris dont le bleu de travail était plein de **TACHES DE GRAISSE**.

Puis elle inspecta d'un air expert l'armature de l'avion.

– O.K. ! Tout le monde à bord, on va décoller !

Tante Toupie ne se tenait plus de joie :

– Scouit, c'est ton avion ? **C'est merveilleux !**

Il est si *moderne* ! Ma chère, ma très chère nièce, tu es prodigieuse ! Je suis vraiment fière de toi !

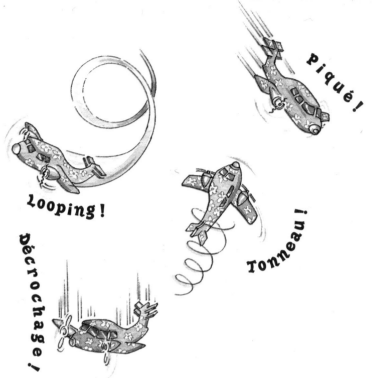

Piqué !

Looping !

Tonneau !

Décrochage !

Téa communiqua par radio l'immatriculation de son avion, **T-RAT**, en épelant :

– **T**ANGO-**R**OMÉO-**A**LFA-**T**ANGO à la tour de contrôle, je me dirige vers le sud, vers les îles Souruques…

Puis elle éclata de rire, en faisant chauffer le moteur :

– Ah, tata, avec cet avion, on peut vraiment tout faire, même des acrobaties !

SUD

Tante Toupie couina,
ravie :
– Des acrobaties ?
C'est merveilleux !
J'aimerais tellement essayer !
– Bon, alors accrochez-vous : le
spectacle va commencer ! prévint
ma sœur en mettant les **GAZ
À FOND** et en décollant.
Je voulus protester :
– Téa, je t'en prie, **j'ai l'estomac fragile !**
Mais personne ne faisait attention à moi.
Téa demanda à tante Toupie :
– **Tu es prête ?**
Un instant plus tard, l'avion décrivit un cercle
parfait. Ma sœur expliqua :
– Ça, c'est un *looping* !
L'avion s'enroula sur lui-même.
– Et ça, c'est un *tonneau* !
D'un seul coup, l'avion perdit de l'altitude.
– Et ça, c'est un *décrochage* !

Un instant plus tard, l'avion sembla s'enrouler dans les airs.

Tante Toupie était aux anges :

_ *C'est merveilleux !*

Puis l'avion descendit à la verticale.

– Et voilà un *piqué* !

Traquenard, d'un air blasé, marmonna :

– *Bof ! C'est tout ? C'est tout ?*

Bof !
Bof !

Tante Toupie cria, ravie :

– *Encore ! Encore !*

Encore !!! *Encore !*

Tout retourné, j'implorai :

– *Stop ! Stop !*

Stop !!!!

Vous ne me croirez pas, mais Benjamin (je me demande bien comment) dormait paisiblement...

Moi, au contraire... je préfère ne pas vous expliquer dans le détail comment MON ESTOMAC réagit à ces acrobaties.

Tout ce que je vous dirai, c'est que quand nous arrivâmes à destination, dix terribles heures plus tard, tante Toupie était fraîche comme une rose, tandis que je descendis de l'avion plus MORT que vif, après

Glou bbbbb...

avoir utilisé tous les sachets pour le mal de l'air que j'avais pu trouver. Tante Toupie s'inquiéta :

– COMME TU ES PÂLE, GERONIMO !

– Tout va bien, tata ! murmurai-je pour la rassurer.

– Oui, c'est la couleur naturelle de Geronimo ! LE VERT MOISISSURE ! ricana Traquenard. On voit que tu adores voyager, cousin !

Je lui aurais ARRACHÉ les moustaches poil après poil si seulement j'en avais eu la force, mais je me contentai de lui lancer un regard assassin.

Ma sœur fit un signe à une souris bronzée à l'air rusé, qui demanda :

– La famille Stilton ? Nous vous attendions !

JE DÉTESTE
LES VOYAGES...

Le gars, *ou plutôt le rat,* se présenta :
– Je suis *Sourinho del Mar,* le capitaine de la *Ratolera.* Le bateau que vous avez loué est prêt à lever l'ancre ! – et il désigna une embarcation amarrée au quai.
Je commençais à peine à me remettre du mal de l'air, et je faillis m'évanouir à l'idée de devoir affronter le mal de mer.
– Euh, et si je vous attendais ici ? hasardai-je, en désignant l'hôtel du port. Je pourrais commencer à écrire quelque chose, euh, je sens que l'inspiration arrive...
– **Mais non, Geronimo,** tu ne vas tout de même pas rater la meilleure partie de ce voyage aventureux et *romantique* ! insista tante Toupie.

Je m'affalai sur un banc à la proue du navire...

Je monta¡ à bord d'une démarche lasse et M'AFFALAI sur un banc à la proue du navire, agitant mes oreilles pour essayer de me faire de l'air.

– *Hé hé héééé*, Geronimo… chicota Traquenard, en me pinçant la queue.

Puis il me murmura à l'oreille :

– Si tu veux mon avis, tu n'es pas fait pour voyager. Tu n'es pas un rongeur bourlingueur, comme moi. D'ailleurs, tout petit déjà, tu préférais jouer à l'intello…

Il ricanait, goguenard, savourant sa vengeance.

Traquenard a toujours eu du mal à accepter que je sois plus intelligent que lui !

Je n'avais pas la force de lui répondre du tac au tac, mais je ne me gênai pas pour penser de lui des choses que je ne peux pas répéter ici. En tout cas, il avait raison sur une chose : je ne suis pas né pour voyager ! Et même,

je déteste les voyages…

ENFIN À CAYO RATO

L'équipage de la *Ratolera* était composé du capitaine Sourinho del Mar, de son second, *Moustacho Pelagioso*, et du mousse, **PELAGITO SOURITO**.

Moustacho était un rat très musclé, qui avait une idée fixe : le culturisme. Pelagito, lui, avait une passion pour la musique et il nous torturerait plus tard du matin au soir en entonnant d'effroyables **CHANSONS DE MARINS**. Nous partîmes. Nous voyageâmes longtemps, des heures et des heures, longeant toutes les îles qui forment l'archipel des Souruques.

Elles avaient des noms étranges et *roman-tiques*, qui évoquaient des romans d'aventures : Tierra Sourica, Isla del Raflagada, Cayo Chatito, Puertomorora.

Le lendemain soir, nous jetâmes l'ancre à Cayo Rato.

DES HARICOTS À LA *SAUCE TRAQUENARDEUSE*

Chers amis rongeurs,
voulez-vous savoir comment je me portais ?
1. Je ne cessai de souffrir du MAL DE MER.
2. Je m'étais grillé le museau sous le SOLEIL BRÛLANT *de midi.*
3. J'étais harcelé par des moustiques voraces.
Ainsi, pendant que les autres banquetaient en
grignotant du beaufort fumé
au piment rouge, je restai
à la proue, fixant la mer
obscure...

Je déteste les voyages !

C'est alors qu'arriva tante Toupie.

– Tu t'amuses bien, Geronimo ? me demanda-t-elle, prévenante. Tu aimes naviguer, hein ?

– Beaucoup, tata, mentis-je pour lui faire plaisir. (Je l'aimais tellement que j'aurais dit n'importe quoi pour qu'elle soit contente.)

Ma tante m'emmena à la poupe, où les autres faisaient la FÊTE.

Pelagito entonna une nouvelle chanson folklorique, en s'accompagnant à la guitare :

Oyez, rats, souriceaux et rates...
Jadis, ici voguaient les pirates !
Ils étaient féroces comme des lions,
De gros félins aux yeux rougis,
Ils naviguaient sur un galion,
Au dîner croquaient des souris !!!
Pamparapampam... pampam !

Sur ce bateau, mon cousin était comme un poisson dans l'eau et, à un moment donné, il bondit sur la table. Il y improvisa un pas de flamenco, sur les notes joyeuses de la guitare.

– **OLLLÉÉÉÉÉÉ** ! grogna-t-il, serrant entre les dents une fourchette à la place d'une rose.

Il réussit à entraîner dans sa danse d'abord Téa, puis tante Toupie, qui poussait de petits cris ravis.

Olléééééé ! Ollééééééé !

– **C'est merveilleux !**

chicotait-elle, heureuse, en tournoyant avec Traquenard.

Et tout l'équipage de battre la mesure en tapant des pattes au rythme **ENDIABLÉ** du flamenco !

Traquenard conclut par une profonde révérence et cria :

– OIIIééééééééééééééééééééééééé !

Puis il me fit un clin d'œil.

– Tu prends des notes pour ton livre, Geronimo ?

Je fis comme si je n'avais rien entendu.

Ce n'est pas que je n'avais pas envie de me disputer, c'est que je n'en avais vraiment pas la force…

Traquenard se précipita à la cuisine et revint avec un plat de haricots au ROQUEFORT FONDU. Il versa dessus une petite sauce rouge et en offrit une portion à tante Toupie.

– Goûte-moi ça, tata ! Tu vas voir le petit plat que ton neveu t'a mijoté ! C'est une recette de mon invention : *les haricots à la sauce traquenardeuse !*

Méfiante, tante Toupie goûta une petite bouchée, puis, enthousiaste, se resservit copieusement.

Moi, je ne supporte pas la cuisine *PIQUANTE* (j'ai l'estomac délicat). Mais, rassuré par l'exemple de ma tante (si c'était bon pour une petite vieille, ce serait bon pour moi !), je me servis à mon tour. *Une petite portion, juste pour essayer...* Je goûtai une minuscule cuillerée et, sur le moment, je ne sentis rien.

RIEN DU TOUT. Puis je me rendis compte que j'avais quasiment la bouche anesthésiée. Je ne sentais plus aucun goût tant **L'HORRIBLE SAUCE** rouge était piquante !

Soudain, j'eus la sensation que ma langue allait **EXPLOSER.**

Mes lunettes s'embuèrent, mes boyaux se tortillèrent et il me sortit

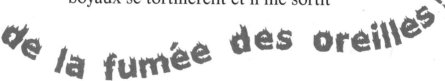

de la fumée des oreilles !

– Aaaaaaaaaaaggggghhhh !!!

Je me jetai sur une carafe d'eau et en avalai tout le contenu d'un trait, en haletant.

Tante Toupie chicota, rassasiée :

– Cette petite sauce piquante est délicieuse. *Tu aimes ça, hein, Geronimo ?*

Je voulais coûte que coûte conserver ma dignité, et je répondis, les larmes aux yeux :

– C'est excellent, tata !

Traquenard ricana et remplit mon assiette à ras bord.

– Peut-être que Geronimo en veut encore un peu ! Cousin, toi qui es un *intello*, tu vas pouvoir prendre ma recette en note !

Benjamin intervint :

– C'est moi qui vais noter, oncle Traquenard !

– *Donc, il faut un kilo de haricots noirs et trois kilos de piments ultra-extra-super-hyper-piquants de qualité* FUEGOFUEGO...

Tante Toupie minauda, heureuse :

C'est merveilleux !

LA TAVERNE DU CHAT-GAROU

Le lendemain matin, au petit déjeuner, Téa consulta des cartes nautiques des îles Souruques.

Traquenard demanda :

– Comment se fait-il que personne n'ait encore récupéré ce trésor ?

– Parce que, par ici, la mer est très PROFONDE et les courants très forts. Si l'on ne connaît pas exactement l'endroit où a sombré le bateau, il est impossible de localiser l'épave. C'est pourquoi personne ne l'a encore trouvée. Sauf que nous, nous y arriverons, parce que nous sommes les seuls à savoir où il a coulé : c'est écrit en toutes lettres dans le journal de bord de l'amiral don Raton de la Pancha !

Elle relut le manuscrit trouvé par tante Toupie :
– « *En ce jour, vendredi 13 février 1713, à 13 heures, le galion* Muson de Sourion *a sombré à 13 lieues au nord-est de l'île Pigouillita, dans l'archipel des Souruques, après s'être échoué sur un récif en forme de griffe de chat.* »
Enfin, nous accostâmes dans un port, pour faire le plein de carburant, D'EAU et de vivres.

Nous en profitâmes pour descendre à terre.
J'accompagnai Benjamin visiter les ruines d'une ancienne forteresse, tandis que Traquenard, sous prétexte d'aller acheter des provisions, se baladait sur le port.
Quand nous revînmes, nous le trouvâmes assis au comptoir de la TAVERNE DU CHAT-GAROU.
Mon cousin discutait avec des marins, trempant

des **lichettes de reblochon**
dans de la soupe de poissons et sirotant un
quesito loco, épouvantable coulis de fromage
local fermenté. Il n'arrêtait pas de se vanter.
Je l'entendis proclamer, d'un ton important :

– **Scouiiit !** Eh oui, les trésors, il faut savoir
où les chercher… Il faut être malin… et avoir de
la chance, aussi ! Et moi qui vous parle…
Je m'empressai de le faire taire :

– Chuuut, qu'est-ce que tu racontes ? C'est un secret !
Personne ne doit rien savoir au sujet du trésor !
Alors, d'un mouvement théâtral, il reprit :

– Notez bien, mes amis, que je plaisantais ! C'est
mon cousin qui le dit, et c'est un intellectuel…
En sortant de la taverne, nous rencontrâmes Téa.
Quand elle sut ce qui s'était passé, elle hurla à
Traquenard :

– **On ne peut pas te laisser seul une
minute ! tu ne changeras donc jamais !**
Il protesta :

– Tu es toujours aussi **hystérique !** Toi non

plus, tu ne changeras jamais ! Je ne savais pas qu'il était **INTERDIT** de discuter avec des copains ! Mais j'oubliais, il faudrait même que je te demande la permission pour me moucher… Et puis, tu sais, ce n'est pas toi qui commandes ! Tu n'es qu'une *fille* ! Depuis que le monde est monde, ce sont les garçons qui commandent !

Elle lui sauta dessus. Il essaya de se défendre, mais ma

sœur était une furie (comme toujours, dans des cas pareils).

– JE VAIS T'ARRACHER LES MOUSTACHES POIL APRÈS POIL !

couinait-elle, enragée. Je vais te montrer de quoi les filles sont capables !

Tante Toupie soupira, en les séparant :

– Hélas, ils étaient déjà comme ça tout petits !

Tante Toupie soupira :
– Ils étaient déjà comme ça tout petits !

Un frisson
prémonitoire

Nous remontâmes sur le bateau. Nous naviguâmes toute la nuit. Le lendemain matin, nous jetâmes l'ancre dans la baie de l'île Pigouillita.

Téa se livra à des calculs en consultant les cartes nautiques.

– Voilà, d'après le journal de don Raton, le galion a dû couler ici !

Elle observa l'horizon avec des jumelles.

– Là-bas, l'écueil en forme de griffe de **CHAT !**

Puis elle évalua de combien de milles le courant

avait dû déplacer l'épave. Elle ordonna au capitaine Sourinho d'allumer le SONAR ÉLECTRONIQUE pour chercher le galion disparu.

– Il va falloir s'armer de patience, *señorita*, prévint Sourinho.

Pendant deux jours, **inlassablement**, notre bateau ratissa toute la zone où, d'après nos prévisions, devait se trouver le galion.

Le soir du second jour, nous admirions le coucher de soleil avec tante Toupie, quand elle soupira :

– *Ah, comme ce couchant rosé est romantique !*

C'est sous ce même ciel que n a v i g u a i t mon bien-aimé Épilon *(ah, quelle souris !)* il y a

vingt ans, avant de disparaître à jamais de ma vie…
Au même moment, je remarquai qu'un autre
bateau nous suivait de loin, comme s'il nous
espionnait.
Hélas ! Un frisson prémonitoire fit
TREMBLER mes moustaches…

J'AI UNE TROUILLE FÉLINE !

Enfin, le troisième jour, j'entendis un cri :

– Hourra, on l'a trouvé ! **On a trouvé le galion !**

Je me précipitai sur le pont : le sonar avait détecté une masse imposante, juste sous notre bateau.

Téa alluma le MAGNÉTOMÈTRE.

– On a repéré quelque chose de métallique.

Nous étions tous très excités.

– Qui plonge ? demanda le capitaine Sourinho.

D'un air décidé, Téa enfila une combinaison de plongée.

– Préparez les **BOUTEILLES D'OXYGÈNE**. Je vais faire des photos de l'épave ! Qui vient avec moi ?

Traquenard jeta un coup d'œil à l'équipement sous-marin.

– Hum, pourquoi pas ? J'ai le physique, moi !
Puis il demanda d'un air **malicieux** :
– Et toi, Geronimo ? Toi qui es un intello et qui
dois trouver de l'inspiration pour écrire le livre,
qu'est-ce que tu fais ? Tu plonges avec nous ?
J'essayai de trouver une excuse pour ne pas y aller :
– Euh, ne vaudrait-il pas mieux que je reste
pour tenir compagnie à tante Toupie ?
Ma tante répondit, prévenante :
– Mon cher Geronimo, plonge donc ! Je ne veux
pas te priver de cette expérience aventureuse !
J'essayai une autre excuse :
– Euh, je viens **BRUSQUEMENT** de me souvenir que j'ai les notes de Benjamin à vérifier...
Mais mon neveu chicota :
– Tonton, ne t'inquiète pas pour ces notes, je
vais m'en occuper, comme ça tu pourras
plonger toi aussi ! Tu as de la chance,
tonton... Pendant la plongée,
décris-moi tout dans le micro,
pour que je puisse l'enregistrer !

Pourquoi ? Pourquoi ? Pourquoi ?

Pourquoi, pourquoi, pourquoi m'étais-je laissé entraîner dans cette aventure ? *Je déteste les voyages !*

J'étais coincé : j'enfilai une combinaison, ajustai le masque, les palmes et les bouteilles d'oxygène. J'avais l'air terriblement ridicule !

Et j'avais une trouille féline.

J'entendis dans l'interphone la douce voix de tante Toupie :

– Comment ça va, mon neveu ?

Je soupirai :

– Bien, tata...

Benjamin couina, tout excité :

– Tonton, tonton, raconte-moi tout ce que tu vois ! J'enregistre !

Puis il chuchota :

– Bonne chance, tonton !

Je plongeai. Je ne sais pas où je trouvai le courage, mais je plongeai. Brrrrr, j'étais très impressionné.

Je m'enfonçai dans une eau sombre, entouré par des milliers de petites bulles qui remontaient à la surface.

J'avais l'impression d'être plongé dans un verre de LIMONADE !

J'ÉCARQUILLAI les yeux : il y avait des poissons partout !

Et l'eau changeait de couleur au fur et à mesure que je descendais !

J'entendis la voix de Benjamin :

– Tout va bien, oncle Geronimo ?

– Tout va bien, mon neveu ! répondis-je.

Puis je commençai à dicter :

– Ah, quelle émotion de plonger dans les eaux d'une mer tropicale ! Tout autour de moi, il n'y a que de l'eau, de l'eau, de l'eau. Le bruit des vagues s'estompe, tout est silence, un silence qui n'est interrompu que par le bruit du détendeur des bouteilles d'oxygène. Des poissons multicolores s'approchent de nous, intrigués. Il y a même une

Je m'enfonçai dans une eau sombre, entouré par des milliers de petites bulles qui remontaient à la surface.

tortue marine qui tourne autour de nous avec désinvolture. Je découvre de merveilleux récifs de corail : il y en a du **rose**, du **rouge**, du **bleu**, et même du **noir**. C'est un spectacle bouleversant, parole de Geronimo Stilton !

Je dictais à Benjamin la description des **FONDS MARINS**, quand, soudain, j'aperçus un énorme poisson à moustaches, qui passait la tête à travers une fente dans un rocher.

Et si c'était un **POISSON-CHAT ?**

– Scouiiiit / hurlai-je.

J'étais terrorisé, je l'avoue.

Mais, aussitôt, je vis quelqu'un près de moi.

– N'aie pas peur, cousinet, couina Traquenard dans l'interphone. Je m'en occupe !

Il s'approcha du poisson et lui fit des nœuds aux moustaches !

– Euh, merci, cousin, chicotai-je, rassuré.

Il me posa une patte sur l'épaule.

– Tout va bien, Gerry. Ne t'inquiète pas, fais-moi confiance. Quand il faudra s'inquiéter, je te le dirai, HÉ HÉÉ HÉÉÉ ! HÉ HÉÉ HÉÉÉ !
Je poussai un soupir de soulagement. Je n'avais jamais été aussi heureux de l'avoir près de moi !

Nous descendîmes encore plus profond, et il faisait de plus en plus noir.

Et, avec L'OBSCURITÉ , il faisait de plus en plus FROID.

Téa nous précédait en toute tranquillité, mais je ne la quittais pas du regard. Nous la rattrapâmes.

– Par ici ! couina alors ma sœur dans l'interphone.

Un doublon !

Puis, soudain, nous le vîmes.

Une silhouette **sombre**, avec un grand mât, se détachait sur le fond, tel un MYSTÉRIEUX MONSTRE MARIN.

Nageant dans la pénombre, nous descendîmes de plus en plus profond. J'étais très ému à présent, et je n'avais plus **peur**.

Je dictai, surexcité :

– Nous nous approchons de l'épave, qui a l'air d'être en très bon état. Je distingue déjà le pont, les canons... Nous contournons maintenant la proue du galion : sous une couche d'algues, on peut lire, inscrit en lettres d'or décolorées, le nom *Muson de Sourion*.

Une silhouette sombre se détachait sur le fond…

» Il y a une magnifique figure de proue en bois. C'est une statue représentant un *personnage féminin* : d'après la tradition, elle protégeait le bateau du danger. Mais celle-ci n'a pas porté chance au *Muson de Sourion*...

» Téa m'indique par gestes qu'il faut **FAIRE ATTENTION** : elle a remarqué que l'épave n'est pas posée sur le fond, mais en équilibre instable sur un récif. Comment a-t-elle pu résister ainsi pendant des siècles ? J'espère qu'elle ne va pas basculer au fond de l'abîme au moment où nous serons dedans !

» Téa nous fait signe de la suivre. Elle se faufile précautionneusement dans une fente qui s'ouvre dans la coque du galion. Je la suis, le pelage hérissé par l'émotion !

À l'intérieur, l'obscurité est totale, et seules nos lampes torches nous permettent de distinguer quelques détails.

» Nous sommes dans la cuisine du galion ! Curieux, Traquenard examine les **GROSSES MARMITES DE CUIVRE** couvertes d'algues ! Puis nous passons dans une autre pièce : c'est la **POUDRIÈRE !** De gros tonneaux renversés sont accumulés contre les parois : sans doute étaient-ils pleins de poudre. Je me baisse pour ramasser une pièce qui **BRILLE** à la lueur de ma torche : c'est un doublon !

C'est un doublon !

DE L'OR MASSIF !

» Nous passons ensuite dans une grande salle. Sur les murs sont encore visibles des

CONSTRUCTIONS EN BOIS.

C'est probablement là que dormait l'équipage du *Muson de Sourion*. J'effleure une de ces couchettes : le bois pourri s'effrite sous ma patte. Enfin, sur la gauche, une autre pièce, plus petite. Une plaque de bronze est clouée à la porte. Je la nettoie de la patte. Il y a écrit :

Don Raton de la Pancha de Ratosa y Pacotilla

LÀ, TU PEUX COMMENCER À T'INQUIÉTER !

C'était la cabine du capitaine !

Nous regardâmes autour de nous, émus.

Dans un coin, un grand coffre MYSTÉRIEUX.

Nous l'ouvrîmes : il contenait treize diamants gros comme le poing d'une souris !

C'est alors que je m'aperçus que nous n'étions pas seuls : derrière nous, deux rongeurs nous épiaient !

– Geronimo, là, tu peux commencer à t'inquiéter ! hurla Traquenard dans l'interphone.

Il n'avait pas besoin de me prévenir, j'avais déjà le cœur qui **battait** la chamade.

boumboum... boumboum... boumboum... boumboum

C'était la cabine du capitaine...

ME GUSTA, ME GUSTA EL DOBLÒN !

Les deux inconnus nous observaient, **MENAÇANTS**.

– Qu'est-ce qu'on fait ? demandai-je à Téa.

– On remonte ! ordonna ma sœur, sans hésiter.

– O.K., je vous couvre ! bafouilla Traquenard en se mettant derrière nous.

Nous remontâmes **lentement**, en respectant les paliers de décompression (une importante procédure à suivre quand on plonge avec des bouteilles d'oxygène). Les deux inconnus nous suivaient à distance.

Quand j'émergeai, je **frissonnai** de froid et de **PEUR**.

Je vis Benjamin et tante Toupie qui se penchaient par-dessus le bastingage, *inquiets*.

En effet, grâce à l'interphone, ils avaient suivi tout ce qui s'était passé.

Je fis un geste de la patte pour les rassurer.

– TOUT VA BIEN ! couinai-je.

Puis je remarquai que, à côté de la *Ratolera*, était amarré un autre bateau. J'ôtai mon masque et pliSSai les yeux pour essayer de lire son nom : il s'appelait *Me gusta, me gusta el doblòn !* (« *J'aime, j'aime les doublons !* »)

Téa et Traquenard venaient d'apparaître au milieu des bulles d'air : un peu plus loin, je vis surgir aussi les **DEUX INCONNUS** qui nous avaient suivis jusqu'au galion. Le cœur battant, nous remontâmes à bord de la *Ratolera,* pendant que les deux autres grimpaient l'échelle du **Me gusta, me gusta el doblòn.**
Les deux navires étaient si proches l'un de l'autre que je pouvais compter les poils de moustaches sur le museau de nos adversaires. Qui étaient-ils ? Et que nous voulaient-ils ?

TU N'ES QU'UN CORNICHON, MON AMI !

Les deux inconnus retirèrent leur combinaison. Ils grimacèrent et, dans un éclat de rire méchant, découvrirent des dents gâtées.

Ha ha haaa !!! Hé hé hééé !!! Ha ha haaa !!!

Le premier (qui avait l'air d'être le chef) était petit et **trapu**, avec un pelage blond, éclairci par le soleil, et il portait des lunettes munies de verres épais. L'autre était **G R O S** et **bedonnant**, avec un maillot rayé blanc et rouge qui couvrait à

peine son VENTRE VELU. Il portait une lourde boucle au lobe de l'oreille droite. Sur l'avant-patte, il avait un tatouage montrant un **FÉLIN** qui sort ses griffes. Il avait un autre tatouage, un cœur traversé d'une flèche et un museau féminin, avec l'inscription *Sourita mi amor*.

Je criai, à l'adresse de l'autre bateau :

– Qui êtes-vous ? Que voulez-vous ?

Le chef ricana :

– Mon nom est Tartare Taroudant, dit ÉCRABOUILLECHAT. Et voici mon associé, Caligula Mousticon, dit Oléola. Et toi, mon ami, tu n'es qu'un CORNICHON !

JE TE PIÉTINE LA QUEUE !

J'étais *furibond*. J'avais deux mots à lui dire :
1. Je n'étais pas son **ami**.
2. On ne m'appelle pas **CORNICHON !**
Mais, comme Benjamin me tirait par la manche de la veste, je gardai mon calme et demandai simplement, comme si je n'avais rien entendu :
– Pourquoi nous avez-vous suivis ?
Le chef **chicota** :
– À la Taverne du Chat-Garou, nous avons entendu que vous étiez à la recherche d'un trésor. Ben, nous aussi, ça nous intéresse, les trésors ! Ça nous intéresse même beaucoup, **CORNICHON !**
Je jetai un coup d'œil à Traquenard : il **rougissait**.

De colère (à cause de l'insolence de ce rongeur) ou de honte (pour nous avoir mis dans le pétrin avec ses vantardises) ?

Mon cousin hurla, avec les moustaches qui S'EN-TORTILLAIENT :

– Dis donc, toi ! Tête de **reblochon !** Espèce de rat d'égout ! Si je t'attrape, je te *dératise* ! Je t'arrache les moustaches ! Je te piétine la queue ! Je te grignote les oreilles !

Espèce de rat d'égout !

L'autre continua à ricaner sournoisement et me fit un signe de la patte, puis chicota :

– Salut, salut, CORNICHON !

Son comparse conclut :

– *Oléola !* Oléola ! Oléola !

78

Leur bateau s'éloigna de quelques dizaines de mètres, s'arrêta et jeta l'ancre, se préparant à mouiller là pour la nuit.

Cependant, un **FORT VENT** du large se leva et...

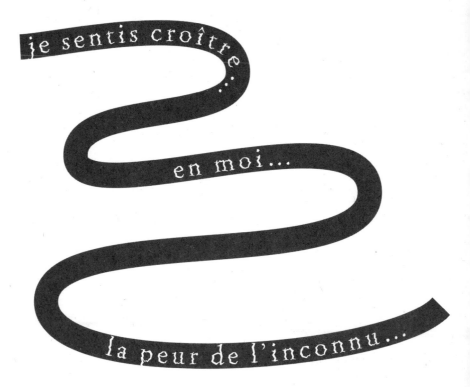

je sentis croître... en moi... la peur de l'inconnu...

TU AS PEUR
DES REQUINS ?

Le vent apporta la tempête.

Nous nous calfeutrâmes à l'intérieur, attendant que la mer se calme, mais les vagues étaient de plus en plus hautes.

Je ne vous raconte pas l'effet sur mon estomac.

Je jetai un coup d'œil à la cuisine.

Traquenard préparait dans une marmite de la *fondue à la marinière* :

– **Scouittt !** Quel régal ! De l'**EMMENTAL**, du camembert, du beaufort, et, naturellement, de la fondue ; des moules, des palourdes, des calmars, de la morue fumée ; pour relever : de l'ail, de l'oignon, du **PIMENT**…

Je me bouchai le nez avec mon mouchoir pour ne pas sentir l'odeur NAUSÉABONDE de la fondue à la marinière.

– Tout le monde au lit, et vite ! Demain, nous plongerons à l'aube. Il faut que nous soyons les premiers à récupérer le trésor, dit Téa.

– MES CHERS, MES TRÈS CHERS NEVEUX, déclara tante Toupie, soyez prudents, je vous en conjure !

– Ne t'inquiète pas, répondit Téa, rassurante. Il ne peut rien nous arriver tant que nous sommes unis !

Nous passâmes une nuit agitée, en montant la garde à tour de rôle pour surveiller la mer et l'autre bateau.

Je ne pus fermer l'œil : je ne cessai de repenser à la périlleuse plongée du lendemain.

Le bateau tanguait sur les **VAGUES**, et mon estomac se révoltait. Je n'arrivais pas à comprendre si j'avais le mal de mer, ou si c'était **L'ÉPOUVANTABLE** fondue à la marinière de Traquenard qui était cause de mes nausées. **Savoir si les moules étaient bien fraîches...** Une fois déjà, mon cousin m'avait détruit l'esto-

mac avec des palourdes (ah, quelle expérience effroyable), au cours de l'aventure *Le Mystère de l'œil d'émeraude*, qui avait inspirée l'un de mes BEST-SELLERS les plus réussis…

À cinq heures du matin, comme par enchantement, la mer se calma et les vagues s'apaisèrent.

Ah, quelle expérience effroyable

Nous enfilâmes nos combinaisons et plongeâmes.
Traquenard me demanda, sur un ton faussement indifférent :
– As-tu peur des requins ?
Je balbutiai, épouvanté :
– Pourquoi ? Il y a des requins dans cette zone ?
Il ricana sous ses moustaches et couina :
– NOOOn, je disais ça comme ça, histoire de parler un peu !
C'est alors que Benjamin cria :
– Ils y vont eux aussi !
Les deux rongeurs de la veille venaient de plonger dans la mer. De loin, je les entendis :
– Bonjour, CORNICHON !
et aussi :
– Oléola !
Mais, au même moment, notre mousse hurla :
– Des requins ! Des requins !
Je vis un aileron de REQUIN serpenter au-dessus des vagues, en direction des deux rongeurs.

On aurait dit qu'il leur en voulait person-
nellement !
Terrorisé, je nageai vers la *Ratolera* à la
vitesse d'une fusée et montai à bord,
tout ESSOUFFLÉ.
Puis je compris : ce squale n'était
autre que mon cousin, qui avait
attaché un faux aileron de
requin sur son dos !
Traquenard suivit les deux rongeurs
jusqu'à un îlot. On aurait dit qu'ils n'étaient pas
très pressés de remettre les pattes dans l'eau.
Tante Toupie rit de bon cœur.
– Mes chers, mes très chers neveux, comme je suis
fière de vous ! C'est merveilleux !
Téa et moi plongeâmes de nouveau et descendîmes jusqu'à l'épave.
Nous retournâmes dans la cabine du capitaine et
cherchâmes fébrilement le précieux coffre.
Nous l'ouvrîmes : oui, les treize diamants
étaient toujours là !

TU CROIS ÇA, CORNICHON ?

Nous attachâmes le coffre à une **chaîne** et criâmes dans l'interphone :
– Allez-y ! Tireeez !
Les anneaux de la chaîne se tendirent et le cabestan de la *Ratolera* commença à tourner en remontant le coffre, qui, lentement, s'éleva.
Nous regagnâmes la surface, nous aussi.
J'enlevai enfin mon masque et aspirai l'air pur avec SOULAGEMENT.
Pendant que nos marins hissaient le coffre à bord, je vis Traquenard qui revenait à la nage. Hélas, les deux mulots avaient découvert sa ruse et s'étaient lancés à sa poursuite !

Mon cousin atteignit la *Ratolera* et monta à bord, satisfait, mais les deux rongeurs arrivèrent derrière lui sur leur propre bateau.

– Trop tard ! Le trésor est à nous ! lança Traquenard.

– Tu crois ça, cornichon ? dit le chef en ricanant.

L'autre éclata de rire :

– *Oléola !*

Puis, d'un geste foudroyant, le chef lança un grappin, attrapa le coffre qui sortait juste de l'eau, et le tira brusquement vers son bateau.

Nous tirâmes de notre côté, ils **t i r è - r e n t** du leur...

– Attention ! nous prévint tante Toupie. Si vous tirez trop fort, aucun de vous n'aura le trésor !

Hélas, ma tante avait raison...

Avec un bruit sec, le couvercle du coffre s'ouvrit d'un coup.

Une cascade de treize diamants gros comme le poing d'une souris tomba à l'eau.
Le chef des rongeurs plongea,
pour tenter de récupérer une partie au moins des pierres.

Mais c'était inutile ; elles venaient de **couler** à jamais dans la mer. Au bout d'une demi-heure, les deux rongeurs s'éloignèrent tristement.

– *Oléola ! Oléola !* couinait désespérément le ventripotent…

… tandis que l'autre pleurnichait :

– Ah, les diamants… les diamants…

Une cascade de 13 diamants tomba à l'eau.

LA MYSTÉRIEUSE AMPHORE

Nous nous réunîmes pour discuter.

Téa parvint à une conclusion :

– NOUS AVONS PERDU LES DIAMANTS À JAMAIS.

Les courants les auront sûrement dispersés ! **Mais nous redescendrons pour explorer l'épave**, car nous devons rapporter de la documentation pour notre livre.

Le lendemain matin, nous **PLONGEÂMES** de nouveau.

Au cours de notre exploration de l'épave, je remarquai, dans la cuisine, un objet à demi caché sous un bloc de corail.

C'était une énorme amphore de terre cuite, aussi grande qu'une souris, *pointue* à l'extrémité et munie de deux anses.

Elle était encore scellée ; un bouchon de liège recouvert de **CIRE** jaune fermait le goulot.

Il était difficile de savoir, sous l'eau, combien elle pesait.

Aidé par Téa et Traquenard, je la rapportai à la surface.

C'était une énorme amphore de terre cuite, aussi grande qu'une souris.

IL NOUS FAUT
UN TRÉSOR !

Nous posâmes l'amphore sur le pont.

Les trois membres d'équipage, tante Toupie et Benjamin firent cercle autour de nous.

– Avez-vous trouvé d'autres objets de valeur ? demanda Sourinho.

Je soupirai, déçu :

– Rien. Il n'y avait que cette amphore, dans la cuisine du galion.

Pour nous consoler, tante Toupie dit :

– *Mes chers, mes très chers neveux, de toute façon vous aurez un magnifique livre à publier sur cette aventure !*

Téa reconnut :

– En effet, j'ai pris des photos somptueuses…

Je chicotai :

– En effet, je sais déjà ce que je vais écrire…

Traquenard soupira :

– En effet, en effet… En effet quoi ? J'ai beau ne pas être un intello, je dois quand même vous rappeler que le livre s'intitule :

Le Mystère du trésor disparu

et qu'il nous faut un trésor, un point, c'est tout ! Sinon, les lecteurs seront déçus ! Bref, **LÀ, IL NOUS FAUT UNE IDÉE !**

C'est alors que Benjamin murmura, curieux :

– Mais qu'y a-t-il dans cette amphore ?

Mais qu'y a-t-il dans cette amphore ?

À S'EN LÉCHER
LES MOUSTACHES !

Tout le monde se retourna d'un coup. Mais oui, qu'y avait-t-il dans cette amphore ??? Sur la cire jaune qui scellait le bouchon de liège était imprimé un cachet avec une **souris rampante** qui défiait un chat et l'inscription latine : **Noli me tangere !** c'est-à-dire *« Ne me touche pas ! »*
C'était le blason du roi Sancho Radegoutijo IV de Formajo Cocotoso y de la Chantiji.

– Bon ! Laissez-moi faire. En trucs de cuisine, je m'y connais ! chicota Traquenard.
Il découpa délicatement la cire avec un couteau pointu et creusa précautionneusement le bouchon.

Aussitôt, un **DÉLICIEUX PARFUM** se répandit sur tout le bateau.

Traquenard renifla et dit :

– Quel arôme ! C'est vraiment un **fromage royal !** Ce Sancho devait s'y connaître en fromage... C'était vraiment un fin gourmet de souris !

Il retira la couche de sel utilisée pour conserver le contenu de l'amphore. Il sortit une miette de fromage jaune d'or qu'il goûta avec respect, en le déposant sur le bout de sa langue.

– Ça, fit-il, les yeux brillants, c'est du cantal affiné de plus de *deux siècles* : il n'existe pas au monde de fromage plus précieux, un vrai *trésor* ! Un fromage à s'en lécher les moustaches !

Slurp ! Slurp ! Miam ! Miam !

Il n'existe pas au monde de fromage plus précieux…

ÇA, C'EST L'AMOUR !

La *Ratolera* rentrait au port. J'étais heureux, même si je dois avouer que je commençais à apprécier la mer... Je passai la dernière nuit sur le pont, à observer les étoiles qui brillaient dans le ciel sombre et scintillaient comme des diamants dans un écrin de velours.

Quel bonheur d'être avec ma famille !

Nous nous disputons parfois, mais, au fond, nous nous aimons.
Traquenard, qui avait parcouru toutes les mers du monde, indiquait les constellations à Benjamin :

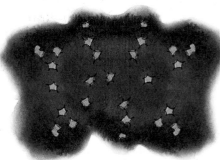

Oh, regarde comme ces étoiles brillent ! C'est merveilleux ! Oh, regarde c'est mer

– Voici la Grande Ourse, et ça, c'est **Orion** ! Celui qui connaît les étoiles ne craint jamais de se perdre, où qu'il soit dans le monde.

Ma tante chicota :

– Oh, mes chers neveux, regardez cette étoile filante !

C'est merveilleux !

Il faut faire un vœu !
Elle ne dit rien, mais ouvrit son médaillon et regarda la photo d'oncle Épilon, et je compris qu'elle pensait à lui.
Puis elle nous embrassa.
– *Mes chers, mes très chers neveux, je vous aime tant !*

Traquenard soupira et dit à voix basse :
– Peut-être, tata, m'aimerais-tu davantage si j'étais un intello, comme Geronimo ?
J'avouai :
– Bah, si ce n'est que cela, moi aussi, je suis bourré de défauts : par exemple, euh, je ne suis pas une souris courageuse !

Je ne suis pas une souris courageuse !

Téa murmura :

– *Et moi, j'ai mauvais caractère !*

Notre tante nous rassura avec douceur :

– J'aime chacun de vous de la même façon. Je vous aime pour vos qualités, je vous aime pour vos défauts, bref, je vous aime tels que vous êtes ! Aimer quelqu'un, cela veut dire l'aimer tel qu'il est, sans essayer de le changer.

lités ! Je vous aime pour vos qualités ! Je vous aime pour vos défauts ! Je vous aime tels que vous êtes !

UNE ÎLE
TOUTE PETITE

Nous repartîmes le lendemain matin. Pour éviter de rencontrer de nouveau les deux mulots, le capitaine Sourinho proposa de suivre un itinéraire différent de celui de l'aller, loin des routes habituelles. Nous nous retrouvâmes bientôt dans

des requins, de vrais requins...

une zone de la mer où ne passaient jamais ni les navires de commerce ni les bateaux de croisière.
Il n'y avait rien d'intéressant à l'horizon, rien que de l'eau, de l'eau, encore de l'eau.
Personne ne passait jamais par là, parce qu'il n'y avait rien d'intéressant à voir : rien que des requins, je veux dire de vrais requins...
SOUDAIN, nous aperçûmes dans le lointain une île, toute petite, à peine plus grande qu'un récif.
Téa chicota, perplexe :
– Bizarre ! Elle n'est signalée sur aucune carte !
Benjamin dit :
– Si elle n'est pas sur les cartes, alors c'est que nous l'avons découverte !
Téa prit des jumelles et scruta l'îlot.
Puis elle annonça :
– Il y a trois (je dis bien : trois) palmiers, une plage miniature avec un (je dis bien : un) rocher.
Sous les palmiers est accroché un hamac. Il y a

une minuscule cabane en palmes tressées... Et puis, oui, il y a aussi une source D'EAU qui jaillit près du rocher.

Je bredouillai, ému :

– Mais alors, c'est que quelqu'un vit là !

Un naufragé !!!!!

Ma sœur scruta de nouveau l'île à travers ses jumelles.

Soudain, elle sursauta :
– **UNE SOURIS !** Je vois une souris nau-
fragée ! Elle agite un mouchoir jaune !
Tante Toupie nous étonna tous.
Elle arracha les jumelles des pattes de Téa, puis
poussa un cri d'émotion :

– Scouiiiiiiit !

Tout habillée (elle avait même gardé son cha-
peau), elle se jeta à **L'EAU** et se mit à nager
frénétiquement en direction de l'île.
Nous la regardions, ébahis.
– Tata ! s'écria Traquenard, puis il plongea
pour aller la sauver.
Téa aussi plongea derrière lui.
Je me jetai à l'eau à mon tour, après avoir
recommandé à Benjamin de **NE PAS PLONGER**,
de **NE SURTOUT PAS PLONGER !**

Les trois hommes d'équipage nous regardaient comme si nous étions des fous furieux.

Cependant, tante Toupie (qui n'avait absolument pas besoin d'être sauvée) continua de nager **VIGOUREUSEMENT** et atteignit bientôt la plage. Elle courut à la rencontre du naufragé en criant :

– *Épilon ! Mon amour !*

L'autre écarquilla les yeux de stupeur et couina :

– Toupie ! Ma chérie !

Elle courut à la rencontre du naufragé en criant...

LE VRAI TRÉSOR

Ils s'embrassèrent tendrement, en chicotant de petits mots *doux*.

– Toupie ! Ma Toupinette ! Tu n'as pas du tout changé ! dit-il, en lui caressant les oreilles avec tendresse. Tu es encore plus *belle* que dans mon souvenir !

Elle susurra doucement :

– Vingt ans se sont écoulés, Épilon, mais je t'aime aussi fort qu'avant, et même plus !

Leur amour était vraiment unique.

Nous étions tous très émus.

Je me demandais si moi aussi, un jour, je trouverais une personne que j'aimerais comme cela, avec une telle intensité, une telle sincérité, bref, un véritable amour, un amour éternel... *un amour qui me réchaufferait le cœur, comme le soleil...*

Comme si elle avait lu dans mes pensées, tante Toupie murmura :

– Mes chers, mes très chers neveux, laissez-moi vous dire : le véritable trésor, c'est

l'Amour !

HISTOIRE
D'ONCLE ÉPILON

Oncle Épilon nous fit le récit des longues années qu'il avait passées sur l'île déserte.

– *Il y a vingt ans*, en me promenant sur une plage déserte, je tombai sur UN PETIT COFFRET EN BOIS D'ACAJOU, coincé entre des rochers. La mer l'avait *rejeté là* depuis je ne sais combien de temps. Ce coffret contenait le journal de bord de l'amiral don Raton de la Pancha. Je décidai d'aller à la recherche de l'épave du *Muson de Sourion*, mais, hélas, mon bateau sombra au cours d'une terrible TEMPÊTE !

» Mon équipage put se sauver sur une chaloupe, mais moi, le capitaine, je ne voulus pas quitter mon navire. JE COULAI AVEC

LUI. Je ne pus me sauver que grâce à un morceau de l'épave qui flottait à la dérive et auquel je m'accrochai.

» Puis, à bout de forces, je parvins à atteindre à la nage cette petite plage. L'île est minuscule, mais on y trouve tout le nécessaire pour survivre. Hélas ! elle est à l'écart de toutes les routes maritimes, et c'est pourquoi personne ne m'a jamais retrouvé ! Pendant ces longues années, je ne me suis nourri que de poissons et de noix de coco.

Toupie lissait son pelage ÉBOURIFFÉ avec affection.

– Oh, mon pauvre Épilon, comme tu as dû souffrir de ne manger que du poisson et de la noix de coco ! Comme le fromage a dû te manquer au cours de ces longues années !

Il s'écria :

– Plus que le fromage, c'est toi qui m'as manquée, ma petite Toupinounette...

NOUS SOMMES DES SOURIS INTELLOS

Nous rentrâmes très heureux à la maison.

Tout le monde voulait nous interviewer : le cantal que nous avions récupéré était *le plus ancien spécimen de fromage* jamais retrouvé dans l'histoire de Sourisia !

SAVANTS, archéologues, et surtout fins gourmets, tous demandaient des détails sur notre découverte sensationnelle. Ce fromage avait une valeur **inestimable** : il était plus précieux que l'or ! Une miette fut exposée au musée des Arts fromagers de Sourisia, avec une petite plaque :

« Don généreux
de la famille Stilton »

Tout le monde s'arracha notre livre, *Le Mystère du trésor disparu.* **UN VRAI BEST-SELLER !** **Les textes étaient de moi**, les images de Téa, mais je voulus que le livre soit signé de nous tous, même de Traquenard.

Il était très ému :

– Bon, d'une certaine manière, quoi, tu penses vraiment que je suis aussi un peu l'auteur de ce livre ? Eh bien, tu as raison : nous, les Stilton, nous sommes des souris intellos... même votre serviteur !

Je lui donnai une tape dans le dos.

– Bien sûr, cousin ! Il glissa les pouces sous ses bretelles

C'était plus précieux que l'or !

et jubila, puis se tapa le front de la patte.

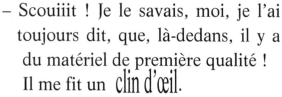

– Scouiiit ! Je le savais, moi, je l'ai toujours dit, que, là-dedans, il y a du matériel de première qualité !
Il me fit un clin d'œil.

– De toute façon, cousin, moi aussi j'ai quelque chose à te dire : tu es devenu **beaucoup plus courageux** qu'autrefois (tu ne pouvais que t'améliorer).

Hé hé héééé héééééé !

Comme je connais bien mon cousin, je pris cela pour un gros compliment.

LE PRIX SOURITZER

Six mois après notre retour, j'étais *tranquille-ment* en train de travailler à la rédaction de mon journal, *l'Écho du rongeur*, quand Téa, Traquenard et Benjamin entrèrent dans mon bureau.

– Geronimo, nous avons gagné... devine quoi ?

Je répondis distraitement :

– Ah, nous avons gagné quelque chose ?

Téa cria : – Nous avons gagné... *Nous avons gagné...*

Traquenard cria : – ... le prix... *le prix...*

Benjamin cria : – ... SOURITZER ! *Souritzer !*

Il me fallut quelques secondes pour comprendre ce qu'ils criaient. Quand j'eus compris, je m'évanouis d'émotion.

Le prix Souritzer ! Pour le meilleur scoop de l'année ! Grâce au reportage sur L'ÉPAVE du *Muson de Sourion* et la découverte de la précieuse amphore, nous avions mérité le prix le plus convoité du monde du journalisme.

Pour nous tous, ce fut un moment de gloire. Tante Toupie nous accompagna à la cérémonie de remise du prix et elle raconta en direct son *histoire d'amour* : les spectateurs étaient très émus. Puis, pour FÊTER l'événement, nous allâmes tous dîner chez Traquenard, qui vit dans un wagon de chemin de fer qu'il a transformé en une DRÔLE de maison.

Pour célébrer dignement cette occasion, nous prîmes, dans l'amphore, un petit morceau de fromage.

Traquenard avait préparé des tartines de pain beurré, sur lesquelles il râpa une *fine couche du précieux cantal.*

– Et voilà ! Juste pour goûter ! Sentez-moi ce PARFUM, ce n'est pas du fromage, c'est du nectar ! chicotait-il, extasié.

Un tel dîner était unique, spécial… aussi spécial que notre famille,

. . . la famille Stilton !

TABLE DES MATIÈRES

Geronimo Stilton

DANS LA MÊME COLLECTION

L'ÉCHO DU RONGEUR

1. Entrée
2. Imprimerie (où l'on imprime les livres et le journal)
3. Administration
4. Rédaction (où travaillent les rédacteurs, les maquettistes et les illustrateurs)
5. Bureau de Geronimo Stilton
6. Piste d'atterrissage pour hélicoptère

Sourisia, la ville des Souris

1. Zone industrielle de Sourisia
2. Usine de fromages
3. Aéroport
4. Télévision et radio
5. Marché aux fromages
6. Marché aux poissons
7. Hôtel de ville
8. Château de Snobinailles
9. Sept collines de Sourisia
10. Gare
11. Centre commercial
12. Cinéma
13. Gymnase
14. Salle de concert
15. Place de la Pierre-qui-Chante
16. Théâtre Tortillon
17. Grand Hôtel
18. Hôpital
19. Jardin botanique
20. Bazar des Puces qui boitent
21. Parking
22. Musée d'art moderne
23. Université et bibliothèque
24. La Gazette du rat
25. L'Écho du rongeur
26. Maison de Traquenard
27. Quartier de la mode
28. Restaurant du Fromage d'Or
29. Centre pour la Protection de la mer et de l'environnement
30. Capitainerie du port
31. Stade
32. Terrain de golf
33. Piscine
34. Tennis
35. Parc d'attractions
36. Maison de Geronimo Stilton
37. Quartier des antiquaires
38. Librairie
39. Chantiers navals
40. Maison de Téa
41. Port
42. Phare
43. Statue de la Liberté

ÎLE DES SOURIS

Île des Souris

Au revoir, chers amis rongeurs, et à bientôt
pour de nouvelles aventures.
Des aventures au poil, parole de Stilton, de…

Geronimo Stilton